PADORI 감성 두 번째 시집

# 다ㄴ어

# 다 ㄴ 어

**펴 낸 날**  2023년 04월 26일

**지 은 이**  Padori
**펴 낸 이**  이기성
**편집팀장**  이윤숙
**기획편집**  서해주, 윤가영, 이지희
**표지디자인**  서해주
**책임마케팅**  강보현, 김성욱
**펴 낸 곳**  도서출판 생각나눔
**출판등록**  제 2018-000288호
**주    소**  서울 잔다리로7안길 22, 태성빌딩 3층
**전    화**  02-325-5100
**팩    스**  02-325-5101
**홈페이지**  www.생각나눔.kr
**이 메 일**  bookmain@think-book.com

• 책값은 표지 뒷면에 표기되어 있습니다.
ISBN        979-11-7048-555-1(03810)

PADORI 감성 두 번째 시집

# 다ㄴㅓ

Cinta

Aimer

Пयार

Amar

Amor

хюбовь

愛

Amore

Liebe

사랑

love

进정한 마음은 많은 단어가 필요하지 않다

생각나눔

# 목차

## 1부 단어

## 2부 일상

# 감사의 말

2022년 8월 22일

기적처럼 우연히 나오게 된
나의 첫 시집 『철부지』

저자에게 주어지는
무료 증정본은 50권이었다

그래서 난
한 달 전부터 이벤트 하나를 준비했다

우선
선물 보낼 사람 50명을 골랐고

그들을 위한 편지를
적어놓고 고치고 또 고쳤다


그렇게 매일
손 편지를 하나씩 써가며


시집과 손 편지를 담은
선물을 차근차근 준비했다


편지들을 쓰면서


난 매일
눈물을 흘릴 수밖에 없었다


언제나 오늘이
내 인생 마지막 날이라고 믿었기에


편지는 유언처럼 느껴졌고
시집은 유산 같았기 때문이다

그래도 점점 알게 되었다

난 정말 운이 좋은 사람이고
행복한 사람이라는 걸

그래서

부족한 내 모든 걸
사랑해주는 모든 이들을 위해
항상 감사하며 살 것이다

철없는 나의 여행이
끝나는 그날까지

# Prologue

우리는 매일
저마다의 생각을 품고 산다

그리고 매 순간 고민한다

이 말을 해도 될까
어떻게 말을 해야 할까
혹여나 상처를 주진 않을까

용기가 나지 않아서
못한 때가 있었다

쑥스럽고 창피해서
하지 못한 순간도 있었다

어떤 단어로

말해야 할지 몰라서
전하지 못한 날도 있었다

그래도 난 믿는다

비록
말로 표현하기 힘들지라도

진심이라면

결국
제대로 전해질 거라고

1부
-
단 어

이 세상엔
두 가지 마음이 있다

단어로
표현할 수 있는 마음과

단어로도
표현하기 힘든 마음

하지만
난 알게 되었다

진정한 마음은

많은 단어가
필요하지 않다는 걸

# 억지

누군가가
나에게 그런 말을 했다

'인생은 어차피 억지'

생각해 보면

우리 모두는 제각기
억지를 부리면서 살고 있다

그래서 서로
상처를 주고받나 보다

하지만
점점 알게 되었다

그래도
내가 행복한 건

누군가가
내 억지를 받아주기 때문임을

# 적심

마음을 적시는 건
정말 어려운 일이다

오로지 눈물만이
마음을 적실 수 있기에

그래서 만약
당신이 진심이라면

해야만 한다

끝없는 눈물에
옷을 적실 각오를

# 무게

누가
나에게 말했었다

'좋아한다고'

하지만
어리석게도 몰랐다

그 말이
얼마나 무거운 말인지를

그러던 어느 날

내가
누군가에게 말했다

'좋아한다고'

그제야 알았다
이 말이 지닌 무게를

# 블라썸

만약
썸이라면

망설이지 말고
블라썸을 도와주자

물을 주는 것이
꽃을 피워내는 것보다

훨씬 더
꽃다운 일이니까

# 진정한 사랑

만약
누군가를 좋아할 때

이유가 있다면

아직
마음이 덜 여문 것이다

왜 좋아하는지
모를수록

그것이
진정한 사랑이다

# 죽을 때까지

'영원히'
사랑하겠다는 말

이 말은

영원히 살 수 없기에
결국 거짓말이 되고 만다

그래서 난
이렇게 말할 것이다

아끼고 사랑하겠다

'죽을 때까지'

# 단어

망설이고
또 망설이기만 했다

계속 고민하다가

결국
그 단어를 꺼내고 말았다

정말 어쩔 수 없었다

아무리 생각해도
내 마음을 가장 정확하게

표현할 수 있는

이 세상 유일한 단어는
이 단어뿐이었다

'사랑한다'

# 본의 아니게

누군가에게
상처를 주면서

이런 말을 하곤 했다

'본의 아니게'

그렇게 난
잘못이 없다고 생각했다

하지만
시간이 지날수록 알게 되었다

어떤 의도든

상대가
상처를 받았다면

결국
본의와 다르지 않다는 걸

# 외로움

오늘도
그 누군가는


아무 얘기도 안 하고
아무런 반응도 없으면서


그저
상대가 자신을
이해해주기만을 바란다


그렇게


아무도 자신을
이해해주지 못하는
세상을 줄곧 탓하면서


스스로 철벽을 세운 채
이렇게 말하곤 한다


'외롭다'

# 검과 방패

사람들은
흔히들 착각을 한다

날카로운 검만이
남에게 상처를 준다고

하지만 때로는
방패 뒤에 숨어 있는 것이

더 많은 이들에게
상처를 줄 수도 있다

방패 뒤에
계속 숨어 있기만 하던
사람은 알지 못한다

자신을 위해
방패가 되어준 사람과

방패에 맞은 사람

둘 다 상처를 입는다는 걸

# 흔한 일

그저
흔한 일인 줄 알았다

가만히 있는데도

다가와 주고
챙겨주는 사람이 있다는 게

그러다
그 흔하던 나날들이

더 이상
존재하지 않는 날이 왔다

그제야 흐르던

흔하디 흔한 눈물이
내게 일러주고 있었다

그 모든 일들은

결코
흔한 일이 아니었다고

# 거짓

식물은
거짓말을 하지 않는다

물을 주는 만큼
자라나고 꽃을 피울 뿐

동물도
거짓말을 하지 않는다

밥을 주는 만큼
친근하게 다가와 줄 뿐

이 세상에서
받은 만큼 돌려주지 않고

계속 거짓말과
거짓 행동을 하는 건

오직 인간뿐

# 복불복

갑자기
어떤 일을 겪게 된다

원하든 원치 않든
어떤 사람을 만나게 된다

자기도 모르게
어떤 이와 사랑을 한다

이 모든 건

인생이라는 주사위가
우리에게 장난을 치기 때문

역시
인생은 복불복

# 안녕

누군가를
처음 만났다

'안녕'

누군가와
헤어지게 되었다

'안녕'

오늘도
누군가를 다시 만났다

'안녕'

그렇게
언젠간 모두에게 하게 될
내 생애 마지막 말

'안녕'

# 갔다 오는 것

어릴 때부터
늘 듣던 흔한 말

'갔다 올게'

그러던 어느 날
이렇게 말할 수밖에 없었다

'갈게'

또 다른 어느 날
이렇게 말해줄 수밖에 없었다

'잘 가'

그제야 알았다

갔다가
다시 오는 것의 소중함을

# 피지 않는 꽃

이 세상엔
아무리 정성을 들여도

쉽사리
피지 않는 꽃들이 있다

수개월을 공들여도
꿈쩍도 하지 않는 사랑의 꽃

수십 년을 애지중지해도
필 기미가 없는 자식의 꽃

그렇게 뒤늦게
피어난 꽃들은 그제야 알게 된다

소중했던 이들이

자신의 곁을
이미 떠나버렸다는 것을

# 손 님

매일
행복이라는
손님만을 바랐다

하지만
나를 찾아오는 손님은
거의 불행뿐이었다

그럼에도
손님에게 화낼 수 없는
자신이 싫기만 했다

그러다
정말 신기한 점
하나를 느끼게 되었다

행복이 스쳐 갔을 때보다
불행에 짓밟혔을 때

내가 더 성장했다는 걸

# 잿빛

누구나
그런 날이 온다

머릿속이 뽀얘지면서
모든 게 잿빛으로 보이고

마음마저
점점 잿빛으로 물드는

하지만 잊지 말자

비록 지금은
잿더미 속에 있더라도

너의 본디 마음은

푸른 하늘이자
새하얀 구름이며
찬란한 무지개임을

# 이유

무작정
원망하곤 했다

하필 내게
이런 일이 생긴 걸

미워하기도 했다
날 힘들게 한 사람을

그러나
점점 알게 되었다

나 때문에
그런 일이 생겼고

그 사람도
힘들었을 거라는 걸

결국 모든 건
다 이유가 있었다

# 고개

숙이지 말자

잘 될 수도
잘 안 될 수도 있다

어차피
시간이 지나면

모든 건
다 추억이 되기 마련이다

그러니
어느새 겸손해진

너의 고개를 다시 들자

# 무의미

누가

더 잘했고
더 잘못했는지를

따지는 게

대체
무슨 의미가 있는가

어차피
시간이 지나면

생각도 나지 않는 것을

# 열 병

한동안
열이 멈추지 않았다

나도 모르게
헛기침이 자꾸 나왔다

그렇게 곧 죽을 것만 같은
날들이 이어지곤 했다

하지만
시간이 지나고

새삼 무덤덤해진
자신을 보면서 느꼈다

어차피 사랑은
열병일 뿐

# 익숙함

처음엔
시원섭섭했다

정들었던 누군가와
멀어진다는 게

그러다

새로운 사람들과
새로운 시공간 속에서
그런대로 지내고 있던 나

그렇게
적당히 가까워지고
적당히 거리 두고 있었다

왠지 아직은 싫다

이런 삶에
익숙해지는 나 자신이

# 겨울꽃

겨울에
꽃이 피기란

여간 어려운 일이 아니다

마르지 않은
흙의 물 때문에

얼어붙을 수 있기에

그러니 마음이
여전히 겨울이라면

그저 웅크리고만 있자

너의 마음에
봄이 올 때까지

# 어쩔 수 없이

상처를
안 받은 게 아니다

상처를 받고도
태연한 것도 아니다

살아있으니까
살아야 하니까

무심해지고
무덤덤해졌을 뿐

'어쩔 수 없이'

# 돌아가다

가끔
그런 말을 하곤 한다

그때로
'돌아가'고 싶다고

그렇게
때때로 후회를 하곤 한다

하지만 알고 있다

다시는 그때로
'돌아갈' 수 없다는 걸

그리고 또 안다

그 언젠가
'돌아갈' 날이 온다는 걸

# 잠시

눈이 아플 땐

잠시
먼 곳을 바라보자

머리가 아플 땐

잠시
눈을 감고 누워보자

마음이 아플 땐

잠시
이유 없이 웃어보자

그래

어차피 모든 건
'잠시'일 뿐

# 살얼음판

그 어떤
영화보다 잔혹하고

그 어떤
소설보다 드라마틱하며

그 어떤
음악보다 다채로운

이 세상
최고의 살얼음판

'인생'

# 마지막 날

오늘이
심히 벅찰 때

과거가
나를 괴롭힐 때

내일이
불안해질 때

그럴 때면
이렇게 생각하곤 한다

어차피 오늘은
내 인생 마지막 날

# 다시

아무것도 모르던
그 어린 시절
'한번 해보자'

나이가 들수록
날 지배하던 생각
'할 수 있을까?'

그러던 어느 날
내게 다가온
돌이킬 수 없던 후회

또 다른 어느 날
내게 다가온
멈추지 않던 눈물

그렇게 바보처럼
후회하고 또 후회했고
눈물을 흘리고 또 흘렸다

그러다
점점 느끼게 되었다

언제부턴가
제대로 해보지도 못한 채

아쉬운 마음에

또 후회만 하면서
눈물을 흘리고 있음을

그래서 눈물젖은
소매자락을 걷은 채
마음속으로 외쳤다

'다시' 일어서자

# 음계

낮다고 해서

억지로
높일 필요는 없다

높다고 해서

억지로
낮출 필요도 없다

세상이
그래도 여전히 살만한 건

다양한 음계들이

조화롭게
어우러지고 있기 때문

# 사 진

예전엔
귀찮아하기만 했다

하지만
시간이 지나고 알게 되었다

결국 남는 건

'시간'이라는 앨범에 쌓인
'추억'이라는 사진들뿐이란 걸

그렇게 언제부턴가

사진을 함께 찍자는 부탁을
거절하지 않게 되었다

어쩌면 그 순간이

함께하는
마지막 순간일지도 모르니까

# 걱 정

걱정할
사람이 있다는 것

걱정해 줄
사람이 있다는 것

이 모든 것은

서로가 서로에게
내려줄 수 있는

최고의 은총이자
유일한 축복

# 불효자

알아서
잘 해내고 싶었다

걱정을
끼치지 않고 싶었다

힘을
빌리지 않고 싶었다

하지만 모든 걸
혼자서 할 순 없었다

그렇게
인정하게 되었다

부모님에겐

영원히
'불효자'일 수밖에 없음을

# 세 상

만약
내 마음대로 되면

그건
세상이 아니다

늘

마음 같지 않기에
세상인 것이다

그러니
괜히 힘들어하지 말자

원래 그런 거니까

# 모름

어릴 땐

막연히 내가 어려서
모르는 줄 알았다

그렇게

어른이 되면
알게 될 거라 믿었다

왜 몰랐을까
그때의 내가 젊었다는 걸

왜 몰랐을까
결국은 소중해질 거라는 걸

왜 항상
그땐 몰랐을까

# 화려함

꽃이 화려하게
피어있으면

꽃나무는
누군가의 관심을 받는다

하지만
꽃이 지고 나면

그 많던 관심들은

아침이슬처럼
순식간에 사라져 버린다

그 후 꽃나무는
다시 꽃을 피울 때까지

스쳐 지나가는
무관심들을 감내해야 한다

그러니

화려해 보이는 누군가를
부러워할 필욘 없다

꽃이
화려하면 화려할수록

그만큼
더 오랫동안

남몰래
외로웠다는 거니까

# 아무것

그런 날이 있다

아무것도
하기 싫어지고

아무런
미래도 보이지 않고

아무도
날 알아주지 않는 듯한

하지만
새싹은 자라난다
아무것도 없던 땅에서

꽃은 피어난다
아무것도 없던 풀에서

그러니
그저 피어나기만 하자

# 꾸역꾸역

서두른다고
열심히만 한다고

무조건
다 되는 건 아니었다

그럴 때마다
내가 할 수 있는 건

'꾸역꾸역'
또 하는 것뿐

# 일대기

1년째
금세 성공할 것만 같았다

2년째
조금씩 힘겨워지기 시작했다

3년째
글이 유치하게 느껴졌다

4년째
글도 숨을 쉰다는 걸 알았다

5년째
감정을 이해하게 되었다

6년째
드디어 표현을 하게 되었다

기적처럼 시작된 이 일대기가
언제까지 이어질진 모르지만

그 언젠가
이런 말을 할 날이 오길

'난 행복한 철부지였다'

# 다이아몬드

쉽게 얻은 건
성냥불처럼 금세 사라진다

반면 어렵게 얻은 건

수천 도의 온도와
수만의 기압과
수억 년의 시간을

참아낸 보석처럼 굳어진다

그러니 만약
영광의 왕관을 쓰고 싶다면

지금 잠시 묻혀있더라도
견디고 버텨야 한다

영구히 빛나는
다이아몬드처럼

# 좋은 사람

정말
좋은 사람을 만나고 싶니

그러면
곰곰이 돌이켜 봐

네가

그 좋은 사람에게
좋은 사람이 될 수 있는지

그렇지 않다면

일단 너부터
좋은 사람이 되도록 해

# 미 소

누군가가
나를 바라보면

말없이
미소를 지어 주었다

그러자
한 사람 두 사람

내게 먼저
미소를 보여 주기 시작했다

그렇게
점점 알게 되었다

세상에서
가장 행복한 전염병은

바로 '미소'

# 친 절

친절은 어렵지 않다

'굳이' 살가운
한 마디를 더 건네거나

'굳이' 마음 써서
뭐라도 더 해주면 될 뿐

하지만
진심 어린 친절도
때론 오해를 사기도 한다

그렇게 해주고도
혼자 상처받기도 한다
그래서 알게 되었다

이 세상에서
가장 용기 있는 사람은

매 순간
친절한 사람임을

## 그러려니

멋대로
판단하던 사람들

덕분에
희생해야 했던 순간들

호의에
오히려 거리를 두던 모습들

그렇게

매일 상처받고
영문을 모를 때마다

내가 외치던
유일한 마음속 한 마디

'그러려니'

# 온도

행복은

만났을 때의 강도도
만나는 빈도도 아니다

진정한 행복은
함께할 때의 온도

그래서 난
너에게, 당신에게 고맙다

지금 나와
따스한 호흡을 함께 해줘서

# 따뜻함

얼굴은 따뜻한데
마음이 차가운 사람

얼굴은 차갑지만
마음이 따뜻한 사람

둘 다
나쁘진 않지만

기왕이면

얼굴도 마음도
따뜻한 사람이고 싶다

# 나 눔

처음엔
나누어져 있었다

그러다

추억의 순간을 나누고
작은 생각도 나누고
마음까지 나누어주었다

물론 무서웠다
날 영영 잃어버리게 될까 봐

하지만 나누어줄수록
더 커지는 자신을 느꼈다

그래서 난
계속 나눌 것이다

소중한 이들과
하나가 될 때까지

# 그 림

예전엔

받으려고만 하고
마음을 아끼기만 했다

그러다 알게 되었다

내가 그동안
받은 게 너무 많다는 걸

그래서
미안한 마음에

조금씩
나눠 주기 시작했다

어제는 그 사람
오늘은 이 사람
내일은 저 사람

그렇게

누군가의 마음에
나라는 점을 찍어 두었다

시간이 지나자 그 점들은
서로 모여 선이 되었고
결국 하나의 그림이 되었다

놀랍게도 그 그림은
늘 바라고 꿈꾸던
미래의 내 모습이었다

그래서 난 오늘도

아낌없이
마음의 점을 찍어 줄 것이다

영원히 걸작으로 남게 될
나만의 '그림'을 위해

# 비 움

그토록 원할 땐

아무것도
이루어지지 않았다

그러다
아무런 기대를 하지 않자

기적처럼

원하는 것들이
채워지기 시작했다

그래서
난 마음을 비우기로 했다

모든 걸
내 안에 채우기 위해

# 이상형

나는
이런 사람이 좋다

폭풍우 같은

인생의
풍파를 겪어본 적이 있고

마음이 꺾이는
후회와 절망 속에
눈물을 흘려 보았기에

마음 따뜻하게
모든 것에 감사해 하고

두려워도 용기 있게
사랑을 잡을 줄 아는 사람

이런 사람이
나의 진짜 이상형

# 마 취

사랑에 빠지는 건

마치
마취에 빠지는 것과 같다

잠깐의 두려움과
따끔거리는
심장의 쿵쿵거림이 지나면

이보다 평온할 수 없는
세상 가장 행복하고
달콤한 깊은 잠에 빠진다

등에 날개라도 달린 듯

온몸이
꿈결을 두둥실 떠다니고

온 우주가
마치 나의 것만 같은

그러다

죽을 것만 같은 악몽에
소스라치게 놀라며

잠에서 깨어
뜬금없이 눈을 뜨게 되는 날

눈앞에 펼쳐져 있는 건
칠흑 같은 현실과
끝이 보이지 않는 공허함

마취에서 풀리듯
사랑의 꿈에서 깨어나면

눈에 보이는 건
상처를 가린 실밥들뿐

곪고 또 곪아가지만
그 흉터를 보이기 싫어
그대로 두기만 하는

그러던 어느 날
나조차 건들지 못하던

마음의 실밥까지
손수 떼어주고

메스껍던
메스의 자욱마저
따스함으로 덮어주며

잃어버린
미소와 활기를 되찾아준

링거와도 같은
나만의 나이팅게일

덕분에
알게 되었다

아픔을 치유하는 건
결국 사랑이란 걸

# 마법사

어느 순간부터

이 세상엔
날 행복하게 해주는

마법의 단어들이
있다는 걸 알게 되었다

'감사합니다'
'미안합니다'
'사랑합니다'

덕분에 난

매일 행복의 마법을 부리는
마법사가 되어 있었다

# 행복이었다

한숨에
잎이 떨어지던 날

눈물에
주위가 바다가 되던 날

절망에
몸이 무거워지던 날

그런데
신기하게도

시간이
지나면 지날수록

그런 날들이
점점 그리워지더라

결국
내 모든 것들은

그래도
행복이었다

# 선 물

우리는

태어났을 때
부모님을 기쁘게 했고

함께할 때
친구들을 즐겁게 해주었고

사랑할 때
연인을 행복하게 만들어 주었다

우리는

더할 나위가 없는
천상의 선물

# 무지개

눈물이라는
비가 내릴 때면

살며시 머금으면서
지긋이 웃어보자

그러다 보면

너만의 무지개가
눈앞에 나타날 거야

환한 빛처럼 밝은
너의 미소가

굳어버린
너의 눈물을 뚫고 나와
세상을 비출 테니까

# 피어나

꽃은 안다

자신이
언제 피어나야 하는지

하지만
사람은 모른다

심지어

피어날 수 있다는 것도
모르는 채 살아간다

그래도 잊지 말자

누가 뭐래도
넌 아름다운 꽃이란 걸

# 매 일

내일을 말하며
마음을 미루기보다

매일을 새기며
마음을 다해 사는

그렇게

내일이 없는
매일을 살고 싶다

# 지 금

보고 싶으면
고민하지 말고 말하세요

'지금' 보고 싶다고

꼭
지금이어야 해요

망설이다 보면

더 이상
볼 수 없는 날이 온 후에야

보고 싶다고
말하게 될 테니까요

# 운

모든 일엔
전부 때가 있다

그때는
아무한테나 오지 않는다

묵묵히 준비하고
노력한 자에게만 다가온다

사람들은
그걸 이렇게 부른다

'운'

2부
—
일 상

예전엔
미처 알지 못했다

그저 스쳐 가던
일상들 하나하나가

작지만 큰
깨달음을 준다는 걸


이제는 안다
내 인생의 대부분은

그동안
무의미하다고만 여겨왔던

작지만 큰 일상으로
가득하다는 걸

# 달래와 딱지

언제부턴가
어머니 가게에 오던 고양이

왜인지는 모르지만
다들 달래라고 불렀다

물론 처음엔
나에겐 달라붙진 않았다

하지만 며칠
몇 주 몇 달이 지나자

나를 볼 때마다
새침하게 다가오기 시작했다

그러던 어느 날

달래 옆에 항상 붙어있던
애기 고양이 한 마리

그 애기는
겁이 너무 많아서

아무리 다정하게 대해도
가까워질 수 없었다

그렇게 그 애기는
오로지 달래만 따라다녔다

그러자 어머니는

그 고양이를
딱지라고 부르기 시작했다

문득 궁금해졌다

지친 나를 '달래'주고
껌'딱지'처럼 좋아해 줄

나만의 인간 고양이는
언제 다가와 줄지

# 장 날

5일마다 열리는
축제와도 같은 이곳

갑자기 진동하는 달콤한 냄새
바로 갓 구운 고구마였다

또다시 나는 맛난 냄새
이번엔 계란빵이었다

잠시 고민하던 나를
동시에 바라보던 사람들

아버지, 어머니, 아들, 며느리

그래서 난 이렇게 말했다
'계란빵 싸주세요'

# 횡단보도

횡단보도에 왔다

차들이
계속 지나가고 있었다

갑자기 마음이
조급해지기 시작했다

그런데 잠시 후

차가 전혀 지나지 않는
순간이 오게 되었다

그렇다

어차피 그저
기다리면 되는 것이었다

모든 게
다 지나갈 때까지

# 버 스

평소보다
10분 일찍 나서면

10분보다도
더 일찍 도착하고

맞춰 가려고
딱 맞게 나서면

예외 없이
늦게 도착하는

이것이

버스가 알려주는
기묘한 법칙

# 다 침

어느 날 차가
나에게 훅 다가왔다

살짝 놀랐지만
무사히 피한 나는

한 가지를
새삼 느끼게 되었다

누군가에게
너무 확 다가가면

결국

그 사람을
다치게 한다는 걸

# 소 식

어느 날
날아온 희소식 하나

누군가의 결혼

어느 날
들려온 슬픈 소식 하나

누군가와의 영원한 이별

언제부턴가
나를 찾아오는 소식들은

이 두 가지의 반복

# 바쁨

시간이 남아서
오랜만에 전화를 한다

꽤 바쁜가 보다

할 수 없이
다른 이에게 전화를 한다

역시 바쁜가 보다

이쯤 되면
나도 바빠야 하는 걸까

그렇게 난

점점
아무 연락을 하지 않은 채

오늘도 바쁜 척한다

# 마름

식탁에

물을 흘렸어도
굳이 닦을 필요는 없다

어차피 마르니까

두 볼에 눈물이 흐른다고
구태여 가릴 건 없다

너의 마음이

여전히
마르지 않았다는 거니까

# 부스럼

어릴 땐 부스럼을
크게 신경 쓰지 않았다

어차피
금세 사라졌으니까

그런데 어른이 되자

한 번 부스럼이 나면
잘 아물지 않았다

심지어 나이를
먹으면 먹을수록

상처가
쉽게 사라지지 않고
더 오래 남아있는 것 같다

나만 그런 걸까

# 파 도

해변가에서
놀고 있는 아이들이 보인다


그들은 열심히
모래성을 쌓고 있었다


잠시 후
파도가 들이닥치자


거짓말처럼
모래성이 사라지고 말았다


하지만 그들은
눈 하나 꿈쩍하지 않고
몇 번이고 모래성을 다시 쌓았다


그제야 알았다


마음의 성이 무너져도
다시 쌓으면 그만이라는 걸

# 피아노

어떤 날은
소리가 소심했다

다른 날은
소리가 정신없었다

그러던
어느 주말 오후

햇살을 받으면서
건반을 차분히 누르자

피아노는
스스로 빛을 내면서
말하기 시작했다

소리를
빚어내는 건

손이 아닌 마음이라고

# 자 람

이 세상에서
가장 아름다운 꽃은

계속 자라난 식물만이
피워낼 수 있다

그래서

자라고 있다면
잘하고 있는 것이다

# 불꽃놀이

검은 바다가
보이는 작은 등대 옆

드디어 피어나기 시작한다

그 순간
문득 궁금해졌다

나라는 사람은
언제쯤 피어오를지

만약 핀다면 무슨 색일까

여전히 잘 모르겠지만
한 가지만 바라본다

찰나일지라도

한번 보면 잊히지 않는
황홀한 불꽃이기를

# 라일락

어느 날
눈에 확 들어온
작은 보랏빛 알갱이들

그 옆에 아직
물들지 않았던 초록빛 알갱이들

몇 주 후
더 많아진 보랏빛 알갱이들

몇 달 후

모든 알갱이들이
보랏빛으로 물들어 있었다

나도 저렇게
온 마음을 물들일 수 있기를

# 노을

구름이 끼면
회색빛이 되고

바다가 가까우면
푸른빛이 되고

산이 가까우면
붉은빛이 되었다

그렇게 노을은
다정하게 속삭였다

변하든
변하지 않든

넌 세상을 물들일 수 있는
아름다운 사람이라고

# 호두나무

어느 날
어머니와 함께
묘목 하나를 심었다


1년이 지나고
2년이 지나자


적당히
보기 좋은 나무가 되었다


5년 후
점점 수근대던 마을 사람들


8년이 되던 해
누군가 우리에게 말했다


열매도 맺지 못하는
그런 나무 따윈 베어버리라고

하지만
어머니는 믿고 돌봐주었다

9년이 되자
비록 20여 개뿐이었지만

처음으로 나무가
호두라는 열매를 주었다

결국 10년의 세월 끝에
수백 개의 호두를 선물하던 나무

복에 겨운 채
호두를 먹으면서 느꼈다

수많은 사람들이
결실을 맺지 못하는 이유는

열매가 맺히기 직전에

자신이라는 나무를
스스로 베어버리기 때문임을

# 확 신

오전
선물 받은 책을 읽었다

오후
어머니께 내 책을 드렸다

저녁
또 다른 작가님을 만났다

돌이켜보니 난 오늘

단 한 순간도
행복하지 않은 적이 없었다

덕분에 난 '확신'한다

내일도
행복한 하루가 올 거라고

# 성 당

오랜만에
찾아뵌 성모 마리아

그렇게 들어선
오색 찬란한 성당

젊은이들이
떠나버린 이곳엔

10년 전, 20년 전,
30년 전부터

봐왔던 사람들만
간간이 앉아 있었다

10년 후, 20년 후,
30년 후에도

이곳에서
부디 기도할 수 있길

# 떨 림

성당 내에
은은하게 퍼지던 오르간 소리

떨리시는 손으로

정성을 다해
음을 만드시던 할머니

그 순간
문득 어머니의 손을 보았다

다행히
아직 떨리진 않았지만

아무 말 없이

그 손을
무심코 잡아 주었다

# 주 름

눈을
치켜뜰 때마다

어렴풋이 생기던
희미한 이마 주름들

그러던 어느 날

나도 모르게
선명해져 버린 주름들

그렇게
언제부턴가

중얼거리기 시작한
외마디 혼잣말

'또 생겼네'

# 기 일

또다시
잠시 잊고 살았네요

그땐 몰랐어요

아무 이유 없이
사랑을 받기만 했음을

비록
기억은 흐릿해졌지만

시간이 지날수록
더욱 깊어지는 그 마음

잊지 않고
간직하겠습니다

저의
기일이 올 때까지

# 사이렌

어디선가
들리는 위급한 소리

그렇게
지나가는 구급차 한 대

또 누가 지금
생사의 갈림길에 들어선 걸까

과연 내게도
저런 순간이 다가올까

그날이
언제인진 모르지만

하나는 안다

빨리 가든 천천히 가든
마지막은 같다는 걸

# 하루살이

불쌍히
여길 필요는 없다

누가
누구를 불쌍히 여기는가

어차피 우리도

언제 떠날지 모르는
하루살이인 것을

# 퇴근

오늘부터
집에 같이 갈까요


이날 이후로


번번이 차를 태워주시던
나의 퇴근 메이트


과일 가게를 들러도
정육점에 들러도
시댁에 들러도


아무 상관 없었다


덕분에
1분이라도 더


함께
웃을 수 있었으니까

# 힘든 천국

누가 내게 말했다

아이들을 키우는 건
'힘든 천국'이라고

태어난 지 1년 만에
숨이 멈췄던 자식 때문에
의사를 멱살째 잡기도 했다

한 손엔 아기의 손을 잡고
다른 손엔 아기를 안고 걷다
빙판길에 넘어지기도 했다

당장 내일의 생계를 위해
경찰의 불법 단속을 피하면서
길거리 장사를 해야만 했다

사기를 당해 속상해서
버스 정류장에서 하릴없이
한숨만 내쉰 적도 있었다

정말일까
정말 '천국'이었을까

천사이자
동시에 악마였던
나를 키우는 바람에

'천국'이 아닌
'지옥'에서 살아온 것 같은데

그럼에도
그들은 나에게 늘
애정 어린 미소를 주었다

그들에겐 역시

이 세상이
힘든 '천국'이었나 보다

# 그림자

그 여름엔

작열하는 태양빛을
그대로 받을 수밖에 없었다

가을이 되고
해가 기울어지자

그림자가 나를
포근히 감싸주기 시작했다

그럼에도
한땐 그림자가 싫었다

해 질 녘 노을에
나의 축 처진 어깨가

너무 볼품없이
적나라하게 드러났었기에

그러다
홀로 땡볕 속에서

땀을 흘리고
눈물까지 날린 채

주저앉으며 알게 되었다

소중한 누군가의
기나긴 한숨 섞인 그림자가

오히려
내 영혼의 쉼터이자 안식처였음을

그래서 나 역시

기꺼이 그림자가 되리라
소중한 그 누군가의

# 단 풍

어느 가을날 오후

눈을 뗄 수 없을 정도로
아름답던 단풍의 향연

하지만 저녁이 되자

단풍나무 주위엔
오히려 적적함만이 가득했다

그제야 알았다
단풍이 찬란하게 빛났던 건

마음을 시원하게 해주는
높고 푸르른 하늘과

살갗을 따스히
어루만져주던 햇살 덕분임을

# 축가

늘 여리고
몸도 마음도 약하던

툭하면 쓰러져서
응급실에 실려 가기 바쁘던

어린 시절부터
노심초사하며 보아오던

늘 철없고 어리던 이 아이에게
축가를 불러주는 날이 올 줄이야

정말 고마워

이렇게 밝은 모습으로
눈앞에 있어 줘서

여생은
늘 행복만 가득하길 바라

# 오르내림

올라갔다
다시 내려온다

파도를 따라

반복되는 일렁임에
속이 울렁거린다

할 수 없이
온몸을 흐름에 맡겼다

그렇네

어차피 인생은
오르내림의 반복일 뿐

# 딱따구리

오늘도
열심히 쪼기 시작한다

대체
누굴 위해서일까

덕분에

나의 두개골은
마치 쪼여서 파먹힌 듯

오늘도 아파 온다

# 요리사

어느 동네에나 있는
흔한 한 피잣집

나의 주문을 받고
피자를 만드시는 아주머니

나는 안다
가정을 지키기 위해
자식들을 먹여 살리기 위해

수많은 부모들이
눈물을 흘릴 틈도 없이

난생 처음 해보는 요리를
그 어떤 최상급 요리사들보다
맛있게 만들어낸다는 걸

그렇게 받은 피자를
한입 베어먹으면서 말했다

'역시 맛있네'

# 다 행

졸린 눈을 비비며
문밖을 나선다

살을 에는 추위에
가쁜 숨을 몰아쉬며
다급한 걸음을 시작한다

그러다 따스한
아침 햇살을 느끼면서

어제 어머니에게
들었던 말을 떠올린다

'친구가 암으로 죽었다더라'

참 다행이다

오늘도 나에게
하루가 주어져서

# 무관심

우연히
길거리에서 본 고양이

반갑게 인사했지만
무심하게 지나가기 바빴다

그러던 어느 날

아무것도 없는 풀숲에서
먹을 걸 찾아 헤매는
그 고양이를 보게 되었다

내가 계속 바라보자

잠시 고민하더니
특유의 애처로운 눈빛으로
홀린 듯이 날 쳐다보던

그제야
알게 되었다

내게
무관심한 게 아니었다

단지
당장 굶어
죽을지도 모르기에

나를 신경 쓸 겨를이
없었을 뿐이다

그렇게
난 나직이 기도했다

꼭 살아서
다시 만날 수 있기를

# 관람차

올라갈 때는

늘어만 가는 두려움에
미처 알지 못했다

그러다 정점에 이르자

그저 크게만 보였던 것들이
아득히 작게만 느껴졌다

그렇구나
어떤 큰일이 내게 닥친다 해도

오르고
또 오르다 보면

결국 작은 일이 될 뿐

# 바리바리

어릴 적
할머니는 늘 우리에게

뭔가를
'바리바리' 싸주셨다

이젠
어머니가 나에게

'바리바리'
싸주시는 날이 왔다

그 언젠가
그런 날도 올까

누군가에게

내가 '바리바리'
싸주고 있는 그 날이

# 여 행

낯선 이국 땅
낯선 언어와 사람들

설렘만큼 막막함도 한가득이던

말이 통하지 않아 답답했다
길을 몰라 헤매기도 했다

그래도 언제 이곳에
다시 올지 모르기에

모든 순간들을
사진에 담고 또 담았다

비록 피곤했지만
참 행복한 여행이었다

어쩌면 난 지금도
여행 중일지도 모른다


낯선 만남에 설레던 날
어쩔 줄 몰라 막막하던 날


알아주는 이가 없어 답답하던 날
나의 길을 몰라 방황하던 날


그래도 언제 이 세상에
다시 태어날지 모르기에


매일 모든 순간을
가슴에 새기고 또 새겨 본다


먼 훗날
이렇게 말할 수 있었으면


비록 힘들었지만
참 행복한 여행이었다

# 전성기

어머니의
얘기를 들어주는

친근한 이들과
눈을 마주치며 웃는

수줍게 오는
고양이를 다정히 부르는

오늘도 무탈했던
자동차를 쓰담해주는

필 듯 말 듯한
꽃에게 물을 주는

지금 스치는 이 모든 순간들이

어쩌면 그토록
바라던 전성기일지도

# 로또

이번엔 되겠지

금덩이마냥 종이를 움켜쥔 채
로또 판매점을 나선다

그 순간 보이던
천진난만한 아이들

애들아,
너네는 왜 어른들이
이걸 매주 사는지 아니

그래 모르겠지

앞으로도
모른 채 살길 바라

# 시인

어머니가
그림을 그리기 시작했다

어느 날 어머니는
그림을 고치고 있었다

또 다른 날 어머니는
그림을 또 고치고 있었다

그 그림이
그 그림인 것 같은데

어머니는
고치고 또 고치고 또 고쳤다

그때는 이해하지 못했다

왜 저렇게
같은 그림을 자꾸 고치는지

세월이 흘러
나는 글을 쓰기 시작했다

며칠 후 예전에 썼던
글을 고치고 있었다

몇 주 후 똑같은 글을
완전히 고치고 있었다

몇 달 후
정말 마지막이라면서
모든 글을 또 고치고 있었다

그렇게 몇 년 후

나는
어느새 시인이 되어 있었다

# 꽃

꽃이 진다고
슬퍼하지 마세요

원래 그런 거니까요

그럴 땐 그저
물만 가끔 주면서
지켜보기만 해요

그러면
언젠간 다시 필 거예요

당신이라는 꽃이

# Epilogue

나는
대단한 사람이 아니다

고이 간직하고 있던

내 마음의 책을
슬며시 꺼내 보았을 뿐이다

우리들은 누구나

남들과는 다른
추억과 아픔, 행복을 안고 산다

즉, 우리 모두는

이미 본인만의 이야기를
갖고 있는 것이다

그래서 난 믿는다

누구나
자신만의 책을 꺼낼 수 있다고